歌集

わたしも森の末端である

松山紀子

Matsuyama Noriko

角川書店

わたしも森の末端である＊目次

装幀　片岡忠彦
本文デザイン　南　一夫

歌集

わたしも森の末端である

松山紀子

どんぐり

どんぐりと爪の手触り似てをればわたしも森の末端である

類型の少女

花冷えのねむたき夜は夫が嫌ふ軟膏をぬる魔除けのやうに

芍薬のつぼみひごとに重りゆき輝きゐたる臨月《うみづき》の妹

寺山と太宰の後輩たる夫よ西瓜を食みて屈託もなし

解読不能のメールを真夜くれて夫はいづくに酩酊すらむ

篠懸の大樹になりたし渋谷にて類型の少女になり代るより

アルジャントゥイユ

ルノワールの鉄橋モネの鉄橋よ私はむろん私でよし

味覚触覚

ときをりにつよく秋刀魚を爆ぜしめてうつくし秋を封ずる炎

舌の上に味覚触覚選り分けてぜんざいを噛む冬のよろこび

忘年会お目当ての人と隣席で帰りし夫のお喋り止まず

吉原の太鼓

うらわかき花魁となりてすがりたし俳句分類してゐる子規に

韻律

月の夜の回転木馬に視座は揺れ揺れつつ美しき韻律《りとむ》を追へり

夏　苺

ダリの絵の横に置かるる事なくてしづかに開くモネの睡蓮

茅場町其角の碑の横通りつつ見る事もなきパート七年目

ラグーンとふ青に塗りたる足の爪踏まれて夏も会社に向かふ

夏苺かじれば残る固き粒十代の夢をいまだ果さず

クレヨンの肌色のやう真実に交ふる嘘が一番悪い

陽に灼けて胸筋腹筋割れてゐる板チョコレートが私は好きだ

やはらかい所から揺れて海辺では松が甲殻類に似てくる

懸命に翅振り蜜を吸ひ終へて蝶はかろがろ日盛りを飛ぶ

チャンスの神

十月は神をらぬ月うたたねに芯まで冷えて身振ひをせり

秋雨はしづかに濡らす鋭き草にひとの言葉に傷めるわれを

名にし負ふ昭和ひとけた退職の大事を父は母に伝へず

床を這ふ電話の線も剝がされて銀行の支店コンビニになる

人のミス責めすぎたりや茅場町乱れてものを思ふ夜かな

髪多く長きチャンスの神歩くされどつかめぬ時はつかめぬ

かりそめのお江戸―旧歌舞伎座―

歌舞伎座の席に坐りて思ふなり昔の日本人の小ささ

地味にせる富司純子さん鴇色の帯締め一本が艶っぽいこと

観客は外に逃げ出す地震《なゐ》の中菊之助はお熊を演じてゐたり

海老蔵の演技にほつりほころびのありと思へど観るのみにゐる

ひよつこりと写実が出ればかりそめのお江戸にはかに揺らぎはじめる

かりそめに古語を使ひて歌らしく見せてゐる「それ、なんかずるくね？」

桜の葉重なりあへる季節なりかさねかさねて繁りゆくもの

空の見ゆ

秋空のひかりをうすくうすく伸ばし限界にきて雲は破れる

駅名のつるみなまむぎしんこやす言葉がすべて吸ひ付いて来る

知らぬ間に犬蓼生えて不思議なりわれも突然生れたるなれど

良経も義経も好きあらあらと焼き尽す陽のなきまま日暮れ

きつと骨は透明ならむ終電に娘《こ》ら烏賊のごとてれんと垂れて

バリウムを入れて機械に回さるる出荷前の缶ならぬわたくし

木の暗れに透き間のできて空の見ゆ十年ぶりに逢ふひとは笑み

梅形

白梅の過ぎて紅梅咲く心地引き締めむとてみぞれを降らす

瞳孔の開く目薬さして待つ患者のやうに梅の木しづか

思ひ出のスタンプのごと梅形の猫の足跡校庭よぎる

夜の道に不意に香りてひつたりとわれに触れたる梅の肉球

梅形をぬいた残りは小さくてなすすべのなき定年後の父

目薬を貰ひに行かう夢の中かゆいかゆいと梅が散りゆく

「もう終り」嫌な言葉と思ふなり近所の梅の事だとしても

紅梅のピンクの若枝伸びてきて敏《と》き事も言ふめひは十一

黎明《レオンライ》が梅蘭芳《メイランファン》になる映画与謝野晶子も観たいであらう

いつせいに梅林の梅実るとき曾我のあたりははつか沈まむ

阿修羅はゐない

日に添ひて緑濃くなるよき頃を東京に行き阿修羅はゐない

ちちははを置き去りにしてわれもまた奈良を出でたる者のひとりで

前登志夫屈折しつつ読むときにわれは小さな間伐材なり

暮れてゆく山の向かうは知らぬ国奇しきところ恐ろしきところ

ほんたうは山の向かうは大阪でむかし男が行き通ひけり

十代が語る彼らの一昔　昔がだんだん近付いて来る

東京では阿修羅に会はずお互ひに素顔に戻る地元で会はむ

断面の人

入力に疲れ眺むる窓の外風景がぎゅっと引き締まるまで

照準を遠くのビルの屋上の鳥居に合はせ拝むともなし

断面に小石のやうに人らをり断崖並ぶ東京の空

朝の湯をサーモタンブラーに注ぎ入れ一日分の熱さをもらふ

ひとことがカチンと人を乾反《ひぞ》らせてもう戻れない元の仲には

順序踏み解体されてゆくビルは鉄骨一本づつ地上に近寄る

連日の作業に晴れと褻《け》のありて今朝見る現場昨日より下

壊すとは実に時間のかかること見てゐるときは特に進まず

おろしたてのウールのやうな積み雲が樹木《きぎ》をぬらして街を冬にす

隣のビル取り壊されて空広しクレーン一基近づいて来る

向かうからこちら見てゐし人の部屋あのあたりかと空中を見る

向かうからこちら見てゐしあの人はまた見てをらむ隣のビルを
今日もまた株は下がりて人嘆くふるあめりかに袖はぬれつつ

傘は今日要るか要らぬか窓を見るだんだん物を考へなくなる

ビル消えて遊泳区域変へたるかゆりかもめ数羽空渡る見ゆ

眠りたる雲を下から突き刺してきりきり尖る東京タワー

近鉄電車

まつたりとこの地の言葉語るごと近鉄電車ホームに入り来

冬田見て青菜の畑沿ひて行く四十分間西日が暑し

朱雀門大極殿左右《さう》に見ゆる窓地元の人は顔を上げずに

大豆山《まめやま》突抜町など奈良は小さし花の京都の天使突抜

嘘つぽい募金にもつね寄付をして父母はあくまで善良な人

切札

五十年添ふ母よりもわれの手を咄嗟に選び立ち上がる父

父の手は熱くも冷たくもなくてああこの人の娘わたしは

三文字の漢字の人と父が言ふ佐々木さん来て血を採りくれぬ

なめらかな東京弁は親切にさるるがゆゑに切札にする

翌朝はいつもの父に戻りたり大臣の名もおほかた言へる

電話してみれば父出て饒舌なり母のゐぬ間に酒飲みにけむ

パソコンで確定申告する父がなにゆゑ電子レンジ使へぬ

オフィスの火水

脱水の途中で取り出すシャツのごと呼び出されたり違ふ現場に

手の甲を差し出して入る大金庫認証された血が身を巡る

掃除の人入らぬ金庫の扉にはあまたの指紋輝いてをり

監査とて人あまたゐる地下金庫常より暑く空気が薄い

伝票のめくり方まで指示されてひげ根とらるるもやしなり今

今要らぬ資格幾つか持つ矜持　胡瓜のいぼのごとく削がれぬ

アクアパッツァは暴るる水と聞けば思ふいつも静かな防火用水

防火水少しづつ減りぬこの場所で過ごす時間は積もらぬ時間

かちかちの海綿に水注ぐときわれも同じく乾いてゐたり

定年の迫る上司が海綿を借りに来て聞く余暇の過ごし方

好かれたいと思ふそのときやはらかいティッシュのやうにほのかに湿る

朝あさの電車の遅れ足しゆけば一生のうちの何日分か

ストールをはづして今朝の指示を待つ何枚もあるといふ麗子像

シュレッダーに紙を流せりうちつけにわが指切りし一枚も截つ

同僚の小鼻光れる午後六時われのもきつと光りてをらむ

「お疲れ様」「おやすみなさい」「また明日」夢の中では仕事はしない

眠たいと嬉しいといいふ形容詞死にさうといいふ比喩でつながる

赤穂義士四十七人記されて広辞苑十二行の重さ

丁寧に白歯磨きし歯ブラシを辞める時には大概忘る

大理石は夏も冷たしネロの母アグリッピーナの笑ふ頭像

じわじわとガラスを下る冬の雨再契約はないかもしれない

登るとき凹凸なかりし坂道がでこぼことせり下る速さに

夢の紅葉

陽の溜る街路明るしぱちぱちと銀杏《ぎんなん》割りつつ自転車で行く

色づく葉まだの葉あれば一本のナンキンハゼにうつろふ瞳

髻《もとどり》をぐいとつかまれ次郎柿上枝《ほつえ》に秋の日を浴びてをり

癇の強い子でありし日の身の感じよみがへり来る夢の紅葉に

揺れてゐる銀杏《いちやう》の長き葉柄のやうなものありぴりりりと痛む

もみぢ葉も内向き下向き花水木もうしつかりと日本の木です

晩秋の紅葉楓《もみぢばふう》の下に来て鳩は落ち葉に嘴を入《い》る

受験子

甥三人姪三人ゐてときに会ふつぼみの脇に光る雨粒

受験するめひが来るなり一階に物を移動し一部屋空ける

受験子は春の季語なりはまぐりのお汁に入るるみつばを結ぶ

女子力のなき姪なればジャージはく膝がゆるりと外側にあく

制服の青いスカートはいてゆき襞をくづして帰り来にけり

ほどほどにわれにまつはる姪たちは近未来まで続く青色

こんなにも伸びてしまつて葉牡丹は春陽に甥は自分の部屋に

さるすべり

さるすべりうすくれなゐに咲く景に鹿寄つて来て奈良となるなり

わかくさの斑《ふ》として芝にゐる鹿は葉月の熱《ほとり》ゆらゆらとして

木漏れ日のやうな鹿たち白雨来てさつとどこかに隠れてしまふ

聞かなければよかつたと思ふ黒雲をよび雷《らい》をよび雨が降り出す

泣くために泣いてゐる友泣かせつつそろそろついてゆけなくなりぬ

雨のにほひとぎれて鹿のにほひせり夏草の濃きところゆくとき

照りながら雨はやみたりみづからを映す雨滴に光《て》る百日紅

ほうほうとさるすべり咲く灼熱にかげろひやまぬ南都焼き討ち

黒繻子の蜻蛉《せいれい》ついと飛びゆきし空のまほらの末子《おとんぼ》重衡

ひつそりと膳に附いたる煮麵《にうめん》のほのあたたかし夏ばてに効く

バンブーバッグ

竹の節《よ》のふたつばかりをひとにぎりバンブーバッグのをとめ涼しも

長い脚たたみて明かりつけしひと立ちあがるとき蚊をはらひたり

浮《ふ》図《と》田《でん》のめぐり次第に灯りつつ暮れゆく奈良町《まち》うぢうぢ暑し

蚊の脚のごときをまつ毛にたんと付けこのひとたちのしゃべるしゃべる

空の細道

ハロウィンの南瓜の飾りあふれたる美しい秋父は臥したり

父深く弱りたるとき萎みつつ重なりあへば家族と思ふ

暇の字の旁《つくり》にならひ入院の父に段踏《きだ》むリハビリはあり

補聴器をはめてみよと言ふ顔つきは遊園地で見しいたづらな父

補聴器に左右あること取るときはプールにもぐる音のすること

ほつほつと道に藪蘭かたはらにささやかな趣味父は持たずに
もうすこし体をひらけ肩先に秋のひかりをしつかり入れて

聞きながら考へてをり考へることが多くなり「聞いてる？」と言はる

空は秋雲のあひだの細道をヘリコプター二機尾を立ててゆく

銀杏の言葉

間違へて死んでしまひし勘三郎おいてきぼりにひととせが過ぐ

紋付は角切銀杏《すみきりいちやう》たまご色いちやうもみぢは晴れた日にこそ

銀杏切り、　銀杏返し　につぽんの今は銀杏の言葉増やさず

汚染雨水なる言葉聞く暗道を曲がればつき来る言葉も曲がる

黒い涙ながるる昔のマスカラよ自分の顔ならよごしてもいい

葉柄は晩秋の樹に尖りつつ四十のイチローまだ帰り来ぬ

鼠やうのもの

本光る竹にあらねど庭隅の古きタイヤに鳴き声のせり

母に寄りほんのり四匹たなごころよりも小さな鼠《ねず》やうのもの

ほやほやの四つ抱へ込み母猫は低くうなりてわれを威圧す

絶対音感

花茎のゆれあふやうに話す午後眉根のほくろ取りしことなど

雨雲を動かしてゐる予報士の声柔らかし甘雨とならむ

ささつと描かれたドガの踊り子の色明るくて虹のはかなさ

磁器見むと近づくときにひとところ玻璃をぼかして人の皮脂あり

膕《よぼろ》窪《くぼ》を膕《ひかがみ》と呼びかへるごとストッキングはけば光りゆく足

雲の寄る春の窓際天気雨降らせるやうに塩零しをり

絶対音感持たぬは淋しはりはりとパンの香草食みこぼしつつ

もくもくと白いパンなりまかがよふオリーブオイルにつけて戴く

シャンパンの泡たちのぼる円錐の空に雲ありわが唇《くち》のあと

どしや降りの雨の一束庭の灯《ひ》をはねて光の花となりたり

三日月の細いからだは河に掛く身の幅ぶんの光の橋を

影になる

波あれば波立つ川面に乱反射して細長い月光垂らす

はばたいて黄金《きん》の円頂閣《ドーム》の空に鳴くハバロフスクの鳥の鵲《サローカ》

日傘さすはわれひとりなり極東といふ此処よりも東から来て

原油掘るより確かなる国の力　街ゆく若きの九割美人

Hからわが名始まるロシア語に人生はまだ変はるかもしれぬ

冷房のあらざるバスに取りいだしあふぐ扇子はめづらしき鳥

腕おほひくびすぢおほひ東洋の終はらぬ夏を持ちこみてをり

黒い傘さして影になるすれ違ふきれいなむすめになつたりもする

月光がとぎれとぎれにある今は川面静かな場所のあるらむ

悲しい映画

雨の日の電車遅れてゆくほどに窓うるむなり冷房入《はひ》る

涙活といふは不遜なことなれど悲しい映画を今日は観に行く

映画観て泣きたるのちの胸になほこぼれぬほどに揺れてゐる水

刷毛に糊ふくませ障子の桟に塗る人をり暮れの銀座の路地に

ＳＰは星の明王《みやうわう》宝飾店ハリー・ウィンストンまへ雲母《きら》刷《ず》りの雨

大虹のうしろ流れてゆく雲は色変はりつつゆつくり動く

舵羽は鍵盤　風にひらいては目つむりながら空を飛ぶ鳥

きき足にあらねど真面目な左足エレクトーンのお稽古もせり

雨の街ながく歩いて手に触るるあぢさゐの葉は冬を冷たし

二丁目のブルガリのビルに光る蛇こはいと言ひつつまた見てをりぬ

横浜春景

シーバスの航路に浮かぶ水鳥がはばたき群れの形を変へる

往来も毎日なればシーバスの来る間際まで動かぬもあり

そこまでと皆知つてゐてシーバスの進むすぐ横ゆつたり浮かぶ

にんげんは怖くないから川に描く地図の隅つこ直すくらゐで

シーバスを運転するは人間と知つてゐるのかそもそも鳥は

街川の鳥いつせいに飛びあがりゐなくなりしとふ3・11

京急に乗れば思はぬ方にあるランドマークタワーCGのやう

男四人女三人の花の宴遅れてまたも男が来たり

花を背に写真撮りあふ紋らない方が恋する速度は上がる

尖塔は十字架掲げ横浜に結婚式場またできてをり

カジノ

加湿器がフル稼働してゐるごとし霞むマカオはどこまでも春

賭場でなく博奕場でなくカジノなりでも据わつたり泳ぐ眼のあり

ギャラリーに見えぬやうめくり見るゆゑに端が曲がつてしまふトランプ

淡い眼のポール・ニューマン触れたりし手回しのルーレットもう無し

よござんすかよござんすねと賽を振るをんなはをらず電動である

賭けずともココナッツ餅もコーヒーもただでもらへるカジノの仕組み

膨れたる腹ごなしに昼観光す今度はふくらはぎを使つて

見上ぐれば鳥籠状の線香は鳥ゐるふうに灰落とすなり

マカオには世界の富の流れ来てルイ・ヴィトンの店の広さよ

埋立ての都市は似てゐて知らぬ間にみなとみらいに戻りしと思ふ

さみだれ

生駒市に納税したりさみだれのふるさと納税サイトをひらき

特産品目当てをよそひさはあれど高齢者福祉と使途を指定す

うたたねができなくなるから死にたくない今の父ならさう言ふだらうか

うち群れて踊るひとりに生駒ちゃんとふがゐるらし乃木坂46に

そつと

駅名は呪文の長さ〈じぇいあーるふじのもり〉にて快速を待つ

てのひらの生命線をなぞるごと夏の盆地を京から奈良へ

まつすぐの近鉄が落ちこぼしたる古い地名のたとへば玉水

山城の井手の玉水　手にむすぶ水に幾たび人救はれて
慣れて飲む水の〈い・ろ・は・す〉みかん味「平家ハ、アカルイ」と太宰書きけり

朝の雨にまだ濡れてゐる雨傘を夕陽にさして干しつつ帰る

南方は光の瀑布うつくしく光を下ろすため雲はあり

虹架けてそつとはづして天空のしづかな秋よわが生まれ月

凌寒荘

凌寒荘の空区切りつつゆく秋の蜘蛛の張る糸ゆるゆると伸ぶ

常緑の竹柏《なぎ》の木のもと割烹着の語り部三人茶も出しくるる

捥ぎくれし蜜柑みんなで分けあへばすこしすつぱい昔の秋よ

忘れては聞きまた忘る紅き実の千両万両そして南天

見分け方しつかり聞いて忘るとぞ毎冬母を呆れさせをり

小春日のひなたを部屋に持ち寄つて藁のかをりの赤ワイン飲む

濡れて干す健保のタオル八枚に絞りの強き弱きがありぬ

トイレより出ればテレビがつけてあり揺れはやうやく現実となる

佳き耳を持ち帰るなり深更をしづかに貨物列車は走る

闇の向かう

うとうとと日を過ごすとは思へぬほど強く息吐きあくびす父は

夜桜を見に行くごとく父とゐて闇の向かうに言ふこゑを聞く

行員のなごり開設せしままのあまた通帳残高千円

伴なはれ家に入る父は半身を支ふる人より顔しかめつつ

小さくて白いくすりと共に飲む小青竜湯《せうせいりゆうたう》用心棒なり

とつておきの腕《かひな》あるらしすきとほる秋の新酒をいそいそと持つ

くわつこ、くわくこう

山括弧型ののぞみに乗り暫し母の思へる〈むすめ〉となりに

友達の受け売りもある母の話　書かばいろいろ括弧必要

かぎ括弧閉ぢて二階に寝に上がる影先立ててゆつくりのぼる

父はもう二階へ行けず補聴器の音の歪みを郭公《くわくこう》と聴く

「カッコー」と読んだ途端に遠ざかる郭公《ほととぎす》鳴く和歌のゆふぐれ

郭公《くわくこう》の卵温むる頰白の身体いつぱい心と思ふ

待つは親されども待機児童とふ夕空晴れて郭公が鳴く

広辞苑第五版には託児なし托卵はあり郭公が鳴く

郭公がうるさいとまた父は言ひ補聴器はづしテレビを見たり

主婦（主夫）のところに丸すればときどき男になれる気のせり

氷のビル群

観たかつた映画を二本観終はればハノイのノイバイ空港に着く

紅河《ホン》の内側にして河内《ハノイ》なり音頭の聞こえてきさうな暑さ

コーヒーは練る物まづは練乳を注いであまく香るまで練る

珈琲は霊魂、匙は感覚と書きしは白秋柳川の人
感覚をすこし休めてゐたいから冷たい珈琲ストローで飲む

一気飲みしてしまひたりうづたかい氷が融けぬままの速さに

真四角の氷重なりビルのやうグラスの中は涼しい都会

五分ほどたてばグラスの底ぬるみ雨後をそびゆる氷のビル群

水になりし氷の嵩がこのカフェに座れる時間　ゆつくり融けよ

一駅

体温を残し学生降りゆけり涼しさ戻るまでの一駅

鳴るときにやや針もどる大時計裾濃に滲む一瞬のあり

いちめんが草なる辞書の頁にて不意に人をり久坂玄瑞

新しい辞書に加はる新しい言葉は安い衣服のごとし

病院巡りやうやく終はり折り深きおつりの札と薬をもらふ

「ひどすぎる借金」日本の国にあり〈処方せん〉のお店は増えて

この夏は日傘を買はず虹を見ず冷房に足むくみたるのみ

油小路塩小路ゆき京都駅ポテトフライにわれはなりたり

重陽《ここぬか》も過ぎし丑三つオリオンを南に飾る季節来てをり

鰻

大阪の鰻をまむしと呼ぶならひ市長になりて改むと子規は

一包といへ薄紙をたたみたるものはもうなし葛根湯飲む

昭和とはイントロ珍奇な歌謡曲流れて皆で歌ひし時代

終はつたを無くなつたと言ひあらはしし破局会見若きを思ふ

湯呑みにも魚《うを》の序列はありながら鱚《きす》は鰆《さはら》と鱧《はも》のあはひに

まめ

正月の日本見に来る人達が正月気分をなほ薄くする

大阪で福袋買ひそののちの半日遊ぶにほど好し奈良は

十枚を一度に与へ時間なき観光客は鹿を離れつ

小麦粉とぬかをねりあげ無添加の鹿せんべいは百五十円

暖かいお正月なりぱんぱんと鹿の背中を打つ人の素手

本殿の参詣を待つ長い列並ぶわれらは写されてゐる

御参りをして帰る道　巫女さんが奈良博《ならはく》の無料券をくれたり

藤原氏氏長者のなかほどの忠実《ただざね》を「まめ」と読んで新年

そこだけが冬なのだらうかひとところ枯れ野の光るものに近づく

おほきに

不思議なりお好み焼き屋におかるとふ名の多きことその一つに入る

中国語韓国語英語聞こえくる昼のひがしむき商店街

北面《ノースフェイス》の旅嚢の男　勧進帳ならぬ寿摩法《スマホ》を指で読みをり

入るを待つ注文を待つぢりぢりと鉄板のうへ焼きあがる待つ

あつあつを悇へやうやう蛸にあふまでの道行　明石焼き食む

ゆつたりと演じて若く懸命なお軽見せたり玉三郎は

お好み焼き焼くる待つ間に明石焼き食みたるわれは影まで重し

重量の漢字二字共くぼみ有ることなど思ひおかるを出でぬ

「おほきに」に人それぞれの節回し　店員さんの声皆ずれて

はる

春の日の干潟にひろふ貝の彩おなじ模様はあらぬ藍色

吹き降りの過ぎて硝子に残りたる雨滴を春のうろこと思ふ

波瑠さんのドラマは終はりその時間空のこちらの窓を拭きをり

「春」描いてなほ天才と呼ばれぬはフィレンツェの空の果てなき高さ

気難しいおばあさん役原泉は作家の中野重治の妻

朱の文字があるだけなのに春の夜「あさきゆめみし」桃紅さんの

真剣に聴けば聴くほど眠くなるといふ皮肉もこの春知りぬ

尊敬の〈はる〉の接続京都では違つて犬や猫にも使ふ

春昼は翳濃し漢和辞書にある横棒多き漢字の中にも

風

立ち尽しなごりの呼吸《いき》の父を呼ぶ今のわたしは風であらうか

体とは胴なり腕が震へても足ふらついても生きてゐた父

自負心をキャベツの芯のごと捨ててリハビリ施設に手を開きゐき

妹と母と待ちをり暗き廊　地下より上り来る父の身を

期限切れのたばこ一箱部屋にあり病の期限はそれより長し

折鶴

テレビにて大統領の折鶴を見て三日後に父に折る鶴

四十年ぶりくらゐなり七つ下の弟に鶴の折り方教ふ

あるほどの花投げ入れて俳句とはわれには永久に異界の定型

柩に入るる千代紙の鶴ねむる父守つてとほくとほくまでゆく

二〇一六年は〝中接近〟

通夜のけふスーパーマーズ雲霽れて南の空を父も見てゐむ

上弦の月の真下で休みたる星はこれから宙《そら》をさまよふ

飛ぶときにやうやく鳥の形してふくろふは大き樹を後にせり

無心

殻を割り黄身と白身に分けるとき〝無心〟が右に左に動く

まるごとのピザをくはへて横に二歩道に放してカラスは飛びぬ

横浜は海のある街　往き交ふは違ふ魚の群れのごとくに

窓開けて過ごす春の日沖へゆく船の汽笛がをりをり聞こゆ

蝶を追ふ窓辺の猫におそらくは空は大きな余白にあらむ

酉年の秋

木を植ゑて鳥よぶ暮らし人はするいづこでもここメルボルンでも

ロゼラよぶために植うるはユーカリのほつそりとしてしなやかな幹

ユーカリを移民の人も庭に植ゑロゼラをよんで地に慣れてゆく

皿持ちて〈野鳥の餌付け体験〉す大きなコカテゥーばかり来るなり

右に二羽左腕一羽両肩に頭に留まる重たし鳥は

森林の野鳥の餌付け体験はすなはち人が樹になる体験

カイロ三つ背に貼りつけ海辺にてねぐらに帰るペンギンを待つ

波と波の間に黒い点が見えフェアリーペンギンつひに現る

隊列を組んではまた海にまた戻り四度目ややうやく列が定まる

先頭になつてしまつたペンギンにぴたり引つ付く二羽目三羽目…………

酉年の秋のひと夜にいつしんに歩む野生のペンギンを見き

あひたいバイバイ――「薔薇之戀」によせて――

気障なことささやかれさうで粉砂糖ふつた木苺最初に食べる

レインボーブリッジの裾行くゆりかもめわれらにも来む折り返し点

東京タワー近き室内黙るたびカサブランカが重たく香る

室内に入《い》れればほどけやすくなる百合とは違ふわれは雑草《あらくさ》

もしわれが畑の向日葵であるなら一輪よそを見てゐるだらう

本能も薀蓄ももういらぬなり無添加ワイン　グラスに少し

鬼灯を鳴らしし宵の涼しさを語りていつか馴らされてをり

天使なりし頃の記憶が蘇る背の厥陰兪《けついんゆ》優しく押され

おとうとのやうなるきみにふふまれてわれに生えくるマリアの乳房

モンブランの底のメレンゲ切るときにカチンと鳴つて心が割れた

苦労してないことあなたの弱味にてまつすぐ切れる虎屋の羊羹

一歩づつ思索深むる按配に猫はゆつくり坂道下る

「雪の日はどうするんだ」と坂下るあなたは雪国生まれであつた

「また会つたね」セザンヌの絵の二枚先佐伯祐三がわれを見詰める

会ひたいのに別れるなんて悲劇です相対売買《あひたいばいばい》にわれ関らず

幸せに序列はあらねささやかな幸せとして白玉すくふ

解説　端末時代の森の末端

今野寿美

すこし唐突だけれど、ちょうど十年前に刊行された中沢直人さんの第一歌集『極圏の光』の一首を思い出すところから始めたい。中沢さんは国外でも知られる新進気鋭の憲法学者と聞くが、歌集には、法学を説く立場であるその日常が浮かんでくる次のような歌があった。

幻であるかもしれぬ法学の端末として教壇に立つ　　中沢直人『極圏の光』

どこか曰く言いがたい屈折感も添えながら自身を映し出すなかに内面がにじむこともあって、注目度の高い作品だった。当時、文系の研究の場でもすでにコンピューターでのデータ作成やそのやりとりなどは当たり前になっていて、中沢さんが自作でいっている「端末」も、むろん端末装置である。ただ、端末にはもともと末端の意味もあって、端末装置という名称もそこからなのだろうし、一首のなかではそれがきっかり二重にひびき、中沢さんの心理的内実を引き出しもして、それとなく時代を反映したおもしろさにつながっているのだと思う。

『極圏の光』は歌壇の評価を得て、そのお祝いの席で中沢さん自身のスピーチをわたしも聞いた。そのほんの一部のことなのだが、かの一首を引いて言われるときに、しばしば「マッタン」、「マッタン」と読み替えられて……と言ったのだ。きっと複雑な気分だったのだろう。その苦笑の表情がすごく可笑しかった。中沢さんの一首においては動かせないことで「タンマツ」でなければならないが、パソコン操作で悩ましい人がほとんどの現代人には「タンマツ」なる読みが、時代的にも、短歌という伝統詩型のなかであることからも、すっと結びつけにくかったのかもしれない。とはいえ、「マッタン」と読み違えたままかの一首を褒めちぎったら、そうと気づいたときはやっぱりきまり悪いだろうな、などと内心思いつつ、そのときのことが忘れられずに記憶に刻まれてしまった。

さて。松山紀子さんの本歌集巻頭歌をここに並べてみることにしよう。

どんぐりと爪の手触り似てをればわたしも森の末端である

この歌にすっと引き込まれたときのこともよく憶えている。であいは角川『短歌』の公募短歌館（現在の角川歌壇）。さかのぼってみたら二〇〇六年三月号掲載の応募作品であった。投稿作品に接していると、ときに惚れ込むくらいの反応をしたくなる例があるものだが、まさにそんな一首だった。うたいだしで早くも一首の発想の核心に迫る切り出し方をしている。どんぐりと爪。思いがけない結びつきのように思うのも一瞬だ。こどものころ拾いあげたりつまんだりしたどんぐりの、すべすべした肌合いがすぐ甦り、それと毎日意識するともなく見たり触ったりしている爪の感触は、なるほどよく似ている。そして、わたし自身の長年の悩みが末端冷え性であるというように、指の先は自分の肉体の末端なのだ。ところが松山さんの歌は、そんな単純な思考経路をたどらない。どんぐりからの連想とすればごく自然だが、「わたしも森の末端である」と引き取った。一首の眼目はここにある。そして、この一首ではむろん「末端」でなければならなかった。

一年の季節のめぐりが最終コーナーにさしかかったころ、小さなおのが身も大自然のその先の先の末端にちゃんと位置しているではないか、といわばほのかな充足の温かさを覚えたのであろうか。ネイルアートなどといって、ここてに盛り上げたような指先をちらつかせる女性もいるが、本来、素のままの爪ってこんなにいきいききれいなのだといっているようにも読める。この世の「森の末端」。とても魅力あるフレーズで、歌は、意外性に満ちながら、ただちに納得させてしまう鋭さにも通じているようだ。わたしの記憶に、この松山紀子さんの一首もまたきちっと収まった。

公募短歌館の選は三号連続で受け持つが、投稿作者としての松山さんの歌はそのときに限らず印象に残るものだった。そんなこちらの気持ちが通じたものか、その年の夏に松山さんは、りとむ短歌会に入会し、以来十年を超える間の成果をここで一冊にまとめる決断をした。きまじめというに近く、かなりの努力家でもあって、作品はつねに冴えた感覚をともない、新鮮な読後感をもたらしてくれる。松山紀子さんは「りとむ」にとって、とても心づよい仲間の一人なのである。

生まれは大阪だが、松山さんは少女期以降、奈良県生駒市で育ったという。一方、工学が専門の夫君は青森県の出身らしい。同年代の一般的な夫婦の姿からしても格別なくらい、お互いを尊重しあっている二人であるようだ。それでいて紀子さんは、少年のごとく無心になって西瓜にかぶりつく夫には、太宰治や寺山修司を育んだ風土のまつわりが必ずや潜んでいるに違いないとばかり、文学少女のような目線を向ける妻でもあるのだった。それは、いかにも歌を詠む人の観察眼あるいは感度で、自身が出身地奈良を歌に詠むときの心理にも通うといえそうなところがおもしろい。

浮図田《ふとでん》のめぐり次第に灯りつつ暮れゆく奈良町《まち》うぢうぢ暑し
ほんたうは山の向かうは大阪でむかし男が行き通ひけり

浮図田は世界文化遺産元興寺の南側に位置する石仏・石塔群の広がりをいうのだそうだ。実はこの一首によって初めて知ったのだが、もともと古い歴史をもつというより昭和期の終わりに現在のように整えられて元興寺の新名所になったのだとか。稲穂が立つかのようなしつらいから生まれたというその名には少々遊び心も感じられ、文化財の荒廃を案じての方策としては大成功なのだろう。それでも故郷のつつましい成功譚に松山さんは冷めた目を向ける。その暑さが「うぢうぢ」というのだから。

二首目の口調も微妙に複雑である。奈良の中心はごく北寄りで金剛、葛城、生駒といった山がいかにも奈良のイメージの一端を担っているが、金剛山が1000メートルを少し超えるくらい。生駒山は642メートルということだから、風格ある名で親しまれながらも、そびえ立つ山並みの県境というほどのことはない。その向こうはわわしいほどに華やぐ大阪。古典好きの松山さんからすれば、物語の〈男〉がいそいそと通った峠でなんとか賑わいの地とつながって、もう疾うに一国の文化の中枢ではなくなってしまった大和……なのだ。二首目が「ほんたうは」と添えずにいられないところにこそ、松山さんの郷土愛があるということなのだと思う。

何年か前、奈良に転勤した友人の話では、土地の人が「奈良に美女なし、美味いものなし」などと、率先して奈良を蔑《なみ》して言うのだと聞いた。確かめもせず引き合いに出すのは気が引けるが、つい思い出してしまう。もうひとつ思い出しておくと、松山さんは生駒市にふるさと納税をしていて、それは、近年過熱気味のお返し騒動という雑音などよりずっと前、制度が始まったころからであった。「高齢者福祉と使途を指定」してというのだから、わたしは感服している。同時に、歌においては先の二首をはじめとして、列島のどこにも負けない歴史的重みのある奈良なのに、妙に地味で、控えめで、といった奈良という地の内実的引け目感を隠さないところが、単純でなくて読み手の気持ちを引くところだと思っている。
ちょうどこの十二年という月日は、松山さんにとって高齢となった両親の日常への気遣いが求められる年代にさしかかっていた。おおかた誰もがそうであるように。長女であるということもあってか、歌集には父の介護の始まりから安らかな長逝を見届けるまでの推移がたどられている。横浜に住む松山さんは頻繁に泊まりがけの帰郷をした。そのときに出生地奈良と、ある程度の距離を置いて見る視座も生まれ、けっこう世の中や物事を冷静に見る松山さんにとっては、その意味で奈良の奈良らしさと向き合うことにもなったのだろう。父の気質、日常の姿を語るのと、奈良というくらか窪み感のある印象の地を振り返るのと、歌集のなかでは、どことなくおもしろい交錯を垣間見せている。

名にし負ふ昭和ひとけた退職の大事を父は母に伝へず
五十年添ふ母よりもわれの手を咄嗟に選び立ち上がる父
三文字の漢字の人と父が言ふ佐々木さん来て血を採りくれぬ

こんなふうに歌われる〈父〉は、厳格であるかに見えて、どこかおっとりと、老いても悠揚迫らぬふうである。「名にし負ふ昭和ひとけた」に浮かぶのは前時代的家長の風貌、だろうか。それゆえに、人生の最大の節目である「退職の大事」を糟糠の妻に「伝へ」ないという仕儀になるのだ、と長女としては呆れながらも納得ずくのような分析を施している。二首目の「咄嗟」の判断が案外まともであるとか、三首目では「佐々木さん」を「三文字の漢字の人」とする表現の適正さなど、ほほえましいくらいに伝わってくるところがいい。そう思わせる語りのやわらかさが何よりで、看取りの場面の娘ならではのいたわりが、こんなふうににじむのだとわたしは思った。

松山紀子さんの歌は、情のまつわりを感じさせながら、それが過ぎるということがない。確かな語りに現実の捉えどころがきちんと収まって作品としての説得力を保っているからに違いない。歌のことばを発するときのごく自然な勘どころのよさ。加えて、歌によるひとつのまとまりを組み立てることにも長けて、「りとむ」のなかで二十首一連で競う場でも、抜群の力量を見せていた。

クレヨンの肌色のやう真実に交ふる嘘が一番悪い
赤穂義士四十七人記されて広辞苑十二行の重さ
いちめんが草なる辞書の頁にて不意に人をり久坂玄瑞
もしわれが畑の向日葵であるなら一輪よそを見てゐるだらう

感じ方も考え方もまっすぐ。好奇心を刺激される瞬間を逃さず内に取り込み、反芻したうえで歌のことばに載せる。読み手の目に触れるときにはなんとも軽妙で、かといって軽いままではない。一首目の下の句に共感しつつ、二首目、三首目では歌によって知られる現実に驚きながら気づかされ、歌のなかでの導きに嬉しくなったりする。どうやら他に流されたり迎合したりしない自覚があるようだ。大いに頼もしいことである。

二〇一九年、改元目前の春に

あとがき

私が短歌に興味を持ったのは三十代前半、不妊治療中のことである。当時は〈妊活〉という軽やかな言葉はなかった。排卵誘発剤を注射したときの、細胞にじわっと滲みて血が濃くなるような感触が〝短歌的抒情〟を呼び起こしたのではない。治療の先の見えなさが短歌を志向させたのだと思う。私は、結婚を機に銀行を退職したが、請われてその銀行の子会社で働いていた。しかし、治療のために辞めねばならなくなった。友人たちは子育てや仕事に充実した日々を過ごしており、孤独感が募るばかりだった。

たまたま入った短歌教室の先生が太田一郎さんだった。太田先生は、私の父よりはるか年長、政府系金融機関を退職して、当時はある私立大学の経済学部の教授をなさっていた。かつての同人誌仲間に吉行淳之介さんがいたり、一高の寮で同室だった縁で、詩人の中村稔さんとも交友があった。結社に属さない歌人であったが、前登志夫さんや岡井隆さんとは繋がりがあるようだった。先生の指導は実作よりも鑑賞。古今の名歌集を読むうちに、短歌は片手間ではできないことを思い知らされた。とは言え、初学の私は太田先生の抽象的な作風を摂取できぬままに終わった。

太田先生が高齢を理由に教室を辞められ（その後、逝去）、私は新聞や雑誌に投稿していた。島田修二さんが朝日歌壇賞を下さったのはありがたいことだった。

あるとき、角川『短歌』の公募短歌館に投稿した歌を今野寿美先生がとって下さり、過分の評をいただいた。それがこの歌集の巻頭歌である。今野先生の、和歌のゆたかな知識が礎となった美しい調べの歌に、かねてより惹かれていたので、今野先生の教えを受けたい！と私は強く思った。だが、その頃、パートタイムではあるが仕事を再開していたので、今野先生の短歌レッスンを受けることはかなわず、月に一度の「りとむ」東京歌会が鍛錬の場となった。

「りとむ」に入会し、作歌のみならず素晴らしい評論も多数書かれている、三枝昂之先生と今野寿美先生のお二人に近く接して、多くのことを学んだ。

＊

私が生まれたのは、阪急京都線の梅田と河原町の中間あたり、大阪府茨木市の産院である。銀行員の父と専業主婦の母はそのすぐ近く、高槻市の団地に住んでいた。狭いけれども、当時としては新しい間取りで、私は生まれたときから洋式トイレの世代だ。小学校六年生のときに奈良県生駒市に引っ越し、百人一首かるたに出てくる地名が身近になったことが、和歌に興味を持ったきっかけかもしれない。

結婚してからは、現在の横浜市に落ち着くまで、夫の勤務の都合で川崎市多摩区、新宿区北新宿、千葉県鎌ケ谷市、世田谷区上祖師谷と移り住んだ。

この歌集には、歌を作り始めてから二十年ほどの歌をほぼ年代順に収めた。最近の私しかご存じない方には、最初のほうの歌は若作りと思われるかもしれないが、お許しいただきたい。また、父の具合が悪くなってからは頻繁に奈良の実家に戻っており、奈良の歌が多く混ざっていることも歌集をわかりにくくしているかもしれない。これもお許しいただきたい。

*

ご多忙きわまる今野寿美先生に解説を賜りましたこと、深くお礼申し上げます。

歌集をまとめるにあたって、アドバイスを下さった「りとむ」の先輩方、ありがとうございました。いつも、私の歌に対して率直な批判を下さる「りとむ」の皆様、これからもよろしくお願いいいたします。

角川文化振興財団の石川一郎様、住谷はる様、装幀をお引き受け下さった片岡忠彦様、大変お世話になりました。

三枝昂之先生からいただいた「りとむコレクション」の番号は１０８。これからも短歌という煩悩を抱えて生きていきなさいと、三枝先生からお許しを得たようで勝手に喜んでおります。

よい歌ができるように私なりにがんばっていきたいと思います。

二〇一九年二月

松山紀子

著者略歴

松山　紀子（まつやま　のりこ）

1962年9月　大阪府生まれ
1981年　プール学院高等学校卒業
1983年　京都府立大学女子短期大学部卒業
2002年　朝日歌壇賞受賞
2006年　りとむ短歌会入会

横浜市在住

歌集　わたしも森《もり》の末端《まつたん》である
りとむコレクション108

2019（令和元）年5月1日　初版発行

著　者　松山紀子

発行者　宍戸健司

発　行　公益財団法人　角川文化振興財団
東京都千代田区富士見1-12-15　〒102-0071
電話　03-5215-7821
http://www.kadokawa-zaidan.or.jp/

発　売　株式会社 KADOKAWA
東京都千代田区富士見2-13-3　〒102-8177
電話　0570-002-301（カスタマーサポート・ナビダイヤル）
受付時間11時～13時／14時～17時（土日祝日を除く）
https://www.kadokawa.co.jp/

印刷製本　中央精版印刷株式会社
 ISBN978-4-04-884254-9 C0092